www.tredition.de

Klaus Bocianiak

Klobalisierung

Pseudointellektuelle Toilettenlektüre

www.tredition.de

© 2013 Klaus Bocianiak

Verlag: tredition GmbH, Hamburg

ISBN: 978-3-8495-4474-4

Printed in Germany

Bibliografische Information der Deutschen Nationalbibliothek:
Die Deutsche Nationalbibliothek verzeichnet diese Publikation in
der Deutschen Nationalbibliografie; detaillierte bibliografische Da-
ten sind im Internet über http://dnb.d-nb.de abrufbar.

WARM UP

Wer „Marmor, Stein und Eisen bricht", sollte seine Ernährungsgewohnheiten überprüfen.

Vielleicht hilft hier ein Feinkotzgeschäft?

Die einst gegründete Gruppe „Blauer Reiter" war keine Vorgängerorganisation der Anonymen Alkoholiker.

Es ist nun bekannt geworden, dass ein Richter entlassen worden ist, weil er angeblich ein Strafmaß nach der Richterskala festgelegt hatte.

Lebensgefährtin kommt nicht von Lebensgefahr.

Obwohl…

Es irrt der Mensch, so lang` er isst,

was eigentlich ungenießbar ist.

Gar anders macht`s das Trüffelschwein

und zieht sich feine Sachen `rein.

Ich habe immer schon gewusst, dass Banker vor nichts zurückschrecken, *aber das …*

Viel Spaß beim Weiterlesen !

Ein Oberstufenschüler, der den Leistungskurs „Recht" belegt hatte, glaubte nach eigener Einschätzung, nicht an eine Versetzung in die nächste Gymnasialstufe.

Bei der Zeugnisübergabe machte er seinem Klassenlehrer gegenüber von seinem Zeugnisverweigerungsrecht Gebrauch und nahm sein Zeugnis nicht an. Als Rechtsgrundlage führte er an:

zivilrechtlich: §§ 383 ff ZPO

und

strafrechtlich: §§ 52 ff StPO

Der vollkommen überforderte Klassenlehrer leitete den Vorgang an den Direktor, dieser zum Kultusministerium und dieses weiter an das Justizministerium.

Der gesamte Vorgang lag nun, irrtümlicherweise, beim Bundesverfassungsgericht. Obwohl nicht zuständig, nahm man sich der Sache an.

Auf eine Anfrage der Reaktion in der Angelegenheit, teilte man telefonisch per Mail mit, dass man zu einem schwebenden, verfahrenem Verfahren, keine Stellung nehmen möchte.

Zudem wurde darauf hingewiesen, dass man aufgrund personeller Engpässe, derzeit in keiner guten Verfassung sei.

Man sagte aber zu, dass man die Engpässe bei Richtern unverzüglich kompensieren werde. Man wolle sich, wie bereits in der Physik erprobt, der Gleichrichter bedienen, die, wie der Name schon sagt, gleich tätig werden können.

Ende des Zitats.

Wir bleiben dran!

Was soll das nur werden…?

Zwischen 45 und 55 drehen die Mormonen durch.

Mormonenfamilie ,; Vater mit seinen Frauen und Kindern ,
Foto 1914

Chinesisches Sprichwort

Reich ist, wer weiß, wenn er genug hat.

(Laotze)

Sigmund Freud hat einst die These aufgestellt, „dass der Traum der Königssee des Unterbewusstseins" ist.

Das habe ich bis heute nicht verstanden.

Es ist aber wohl bekannt, dass die Österreicher immer wieder 'mal für Verwirrung in unserem Land gesorgt haben.

Ich sage nur: „ RANDOLPH HIRTLER".

Das Malheur,

der blinde Exhibitionist,

mutierte zum Voyeur.

Auf mein Anraten hin, wünscht sich meine Frau einen begehbaren Küchenschrank zu Muttertag.

Nach mir die Springflut.

Einem Mitarbeiter im öffentlichen Dienst, der in einer Registratur arbeitete, wurde nach 4 Jahren ohne Begründung gekündigt.

Auf Anfrage des Betroffenen, teilte man ihm lapidar mit, dass ja wohl bekannt sein sollte, dass eine Registraturperiode vertragsgemäß halt nur 4 Jahre dauere.

Einer eventuellen Klage sehe man gelassen entgegen.

Die erweiterte Suche führte zu einer engeren Auswahl mit weitreichenden Folgen.

Ja, was denn nun?

STOCK oder HOLM?

Die Finnen wissen auch nicht, was sie wollen.

Kein Mindestlohn, für Mehrarbeit

Am Montag war der kleine Zeisig,
einmal mehr,
besonders fleißig.
Er schleppte ganz alleine,
tonnenweise Trockenreisig.
Bekam dafür ´nen Hungerlohn,
das änderte seinen Umgangston.

„Das ist ja zum Haare raufen", meinte der glatz-
köpfige Beobachter.

Der voll bekiffte Wackeldackel, hat seine Hütte abgefackelt.

Es ermittelt, die SOKO Hundestaffel.

Wenn Hermes wüsste, was aus seiner Bürgschaft geworden ist, würde er sich im Grabe umbringen.

In einem Philosophieseminar wurde von einem Studenten behauptet, dass Kant der Erfinder des gleichnamigen Holzes sei.

Der Student absolvierte nach Exmatrikulation eine Ausbildung in einem Sägewerk.

Wattenläufer sind als Stromableser nur bedingt einsetzbar.

Kursangebot:

Entfesselungstechnik für kurz entschlossene Kursentschlossene.

Leitung: Karl-Heinz Schlosser und Diethelm Dietrich

Der Blinde, der sehenden Auges in die Radarfalle fuhr.

Der Zwerg, der einen Riesenaufwand betrieb.

Der Mützenträger, der trotzdem gut behütet war.

Der linkshändige Tausendfüssler.

Die Brillenschlange, die beim ersten Besuch eines Optikergeschäftes, fassungslos war.

Die Eidechse, die beim Landgericht Frankfurt/Oder einen MAIN-EID ablegt hatte.

Das Leibgericht des nicht fotogenen, aber adeligen Fotografen, war Linsensuppe.

Sich vegetarisch ernährende Fotografen müssen zukünftig auf Filmsalat verzichten.

Auslöser ist objektiv die Einführung der Digitalisierung.

Stattdessen bieten Chips derzeit eine Alternative.

Bei einigen, aber wichtigen Molekülen, sind Bindungsängste aufgetreten.

Chemiker und Psychotherapeuten sollen interdisziplinär eine Lösung erarbeiten.

Wie man nun feststellen musste, sind die Moleküle, als auch die Psychotherapeuten therapieresistent.

Die Chemiker fühlen sich mit der entstandenen Situation als vollkommen überfordert.

Neapel sehen und Sterben.

Eine Elfe verlor bei einem Motorradunfall ihr rechtes Bein. Da sie somit ihren Beruf nicht mehr ausüben konnte, schulte sie zur Reiseleiterin um.

In Ausübung dieser Tätigkeit, traf sie in Afrika auf einen indischen Elefanten.

Dieser schaute sie mitleidsvoll an und fragte, ob er etwas für sie tun könne.

„Ich glaube eher nicht", meinte die Elfe, schaute den Elefanten aber mit einem Lächeln erwartungsvoll an, „es sei denn, du hast Elfenbein."

Der Elefant wandte sich kopfschüttelnd in Richtung Heimat ab.

Die Steigtiefe wirkt der Fallhöhe entgegen.

Als verkennender Christ, ist mir die russisch para-
doxe Kirche ein Buch mit sieben Fibeln.

Wer glaubt, im Leben die Qual der Wahl zu haben,

wird sich letztlich glücklich schätzen,

die Wahl der Qual zu haben.

Die Abrissarbeiten an der „ Bank für Wiederauf-
bau" haben bereits begonnen.

Bei der letzten Lesung im Bundestag vor der Sommerpause, waren lediglich 29% der Abgeordneten im Parlament anwesend.

Davon waren 17% Legastheniker.

Insofern konnte man zu recht von einer Ausschusssitzung sprechen.

In den morgendlichen Nachrichten, auf meinem Weg zur Arbeit:

„Heute treffen sich Experten von CDU und FPD…“

(innerliches, aber lautes Gelächter:

„Wo sollen die denn plötzlich herkommen?“)

Angehalten von der Berliner Polizei, fragte mich ein Hauptwaldmeister, ob ich nicht wüsste, dass ich bei Rot über die Ampel gefahren bin?

Mein Gott. Über die Ampel fliegen, ja. Aber fahren? Wie denn?

Ich gab zu Antwort, dass ich mich an nichts erinnern könnte. Sie ließen sich aber auf nichts ein und stellten mir daraufhin ein Gedächtnisprotokoll aus.

120 EURO und 3 Punkte in Flensburg.

Noch am gleichen Nachmittag rief bei der Bußgeldstelle in Flensburg an. Eine Frau nahm das Telefonat entgegen. Ich erklärte ihr, dass es bei REDEKA und DEWE Aktionen laufen, bei denen man Gläser oder Bestecke vergünstigt erhält, wenn man genügend Punkte gesammelt hat.

Der Winter stände vor der Tür und ich bräuchte nun Winterreifen. Ich hätte schon fast 18 Punkte und wollte fragen, ob ich die Reifen verbilligt bekommen

könnte. Schließlich hätte ich ja schon reichlich inves-
tiert.

Ich wollte noch die Reifengröße und das Fabrikat
angeben, da hörte ich an dem anderen Ende nur
noch eine Gemurmel und ein einhängendes Klicken.

$$\left[\frac{(x-y)^8}{(a+b)^6} : \frac{(x-y)^6}{(a+b)^4}\right] - \left[\frac{(a+b)^5}{(x-y)^4} : \frac{(a+b)^3}{(x-y)^2}\right]$$

Da bekommen auch schon einmal jüngere Menschen Potenzprobleme.

Erst durch den Windbeutel wird ein Teil der alternativen Energie tragbar.

Aus der Werbung:

„Florett, für das beste im Mann."
Macht doch mehr Sinn, oder…?

Den Lottogewinn empfand er durchaus als Berei-
cherung seines Lebens.

Als Schauspieler lernte ich ihn erst in einem Ton-
studio kennen.
Er synchronisierte dort gerade einen Stummfilm.

Mein Schicksal lasse ich mir nicht aus deiner
Hand nehmen.

Trendy : „ Cafe to Klo"

Wer Brand stiftet,

wird Rauch ernten.

(frei nach: Franz Biedermann)

Lackhosen Unverträglichkeit ist nur eingeschränkt behandelbar.

Meine Antwort auf die immer während Frage der Kassiererin im Einzelhandel:

„ Sammeln sie Treuepunkte?"

„Nein, Danke, nur in Flensburg!"

In Japan ist ein Wecker entwickelt worden, der mit einem Urknall weckt.

(Na dann, alles auf Null.)

Astrophysiker behaupten, dass sich das Weltall ständig weiter ausdehnt.

„Ja, nach wohin denn, um Gottes Willen."

Sterneköche haben auf einem Kongress darüber diskutiert, ob die gekochte, gemeine Kartoffel oder Kartoffelschnee zu favorisieren ist?

Man konnte sich darauf einigen, dass die Wahrheit wohl in der FRITTE liegt.

Billige Anmache:

„In deiner Haut möchte ich stecken!"

Es paffte sich ein Warzenschwein,

genüsslich `ne Havanna `rein,

und spielte auf der Fidel, „Castro",

und Che, der sang dazu. Nur so.

(So recht konnte ich mir keinen Reim darauf ma-
chen.)

Grenzwertig

Aufgrund von Ernährungs-, Umwelt- und Entwicklungsveränderungen, soll eine Gesetzesnovellierung vorangetrieben werden, die vorsieht, die obere Grenze der Körpergröße von Kleinbürgern von 1,53 auf 1,57 m anzuheben.

Bürger, die dadurch zu Kleinbürger werden würden, drohen im Falle einer Gesetzesänderung, mit einer Sammelklage.

Das Kultusministerium macht beschwichtigend darauf aufmerksam, dass sich die Anzahl derer, die den Kleinkunstpreis erhalten könnten, wesentlich erhöhen würde.

Insofern verstehe man den Unmut nicht.

Ein Fußballhalbfinale dauert nur 45 Minuten.

<u>Halb halt.</u>

Als man mir noch Märchen erzählte, habe ich mir
das alles ganz anders vorgestellt.

Na, ja. Früher adelig, heute schmuddelig.

Der nazistische Onanist konnte nur eine einseitig reflektierende Einstellung zu seiner Sexualität entwickeln.

Der real masturbierende Masochismus konnte sich dauerhaft nicht durchsetzen.

Patient zum Psychotherapeuten:

„Ich habe Platzangst!"

Therapeut: „Ja dann, nehmen sie `mal Platz."

Fahrradfahren soll Männer sexuell anregen. Ob der Begriff des Fahrradständers in diesen Zusammenhang steht, ist nicht überliefert.

Auf ein nichtssagendes Bild wurde hier verzichtet. Es hört ja ohnehin keiner hin.

Das halbe Hähnchen meinte, dass man auf einem Bein nicht stehen kann.

Bedenke?

Nicht jeder Terrorist, der eine zündende Idee hat, ist auch ein Spätzünder.

James Last, der irrtümlicherweise als Erfinder des Lastwagens galt.

Die Dachpfanne, die das Braten auch in größeren Höhen ermöglichte.

Der junge Gott, der wie ein Teufel fuhr.

Die Frau, die sich brennend für eine Feuerbestattung für ihren Mann interessierte.

Der Zwerg, der einen Riesenaufwand betrieb.

Das Bild, welches unter den Rahmenbedingungen leidet.

Eulen nach Athen

Bereits seit einigen Jahren kreisten die Pleitegeier über Griechenland. Im Jahr 2011 schlugen sie endgültig zu und fraßen die kurz vor dem Verhungern stehenden Eulen fast restlos auf.

Lediglich ein überlebendes Pärchen machte Hoffnung, ein Aussterben dieser Tiere zu verhindern.

Leider schwul.

Die griechische Regierung hat daraufhin die verschärften Importbestimmungen für Eulen weitgehend gelockert.

Es durften also wieder Eulen nach Athen getragen werden.

Das schwule Eulenpärchen soll einen Platz im Streichelzoo des Außenministeriums in Berlin gefunden haben.

Ich denke aber, dass es sich hierbei lediglich um ein Gerücht handelt.

Um das Niveau der Hörfunksendungen anzuheben, hat der WDR beschlossen, promovierte Radiologen einzustellen.

Weite Teile der Hörerschaft sind verloren gegangen.

Inferno in Jerusalem.

„Ach du Heiliger…!"

Der Empfehlung der WHO folgend, soll Haschisch nun auch legal, aber biologisch angebaut werden dürfen.

Das sogenannte „ Bio Gras", soll an den Ölpreis gekoppelt werden und soll dann an Tankstellen zum jeweiligen Tagespreis auch nachts erhältlich sein.

Zwischen der Oberschicht und der Unterschicht, gibt es immer noch die Mittagsschicht.

Bei den Kommunalwahlen wurde ein zweiter Urnengang notwendig.

Was einmal mehr beweist, dass man Politiker nicht so leicht los wird.

IRRTÜMER

Der Doppelkorn ist <u>nicht</u> immer die halbe Miete.

Der Schwarzwald muss <u>nicht</u> der farblichen Nähe wegen, mehr afrikanische Immigranten aufnehmen

Kugellager sind <u>nicht</u> automatisch Munitionslager.

<u>Nicht</u> jeder Abhörspezialist ist ein Wanzen-schwein.

Pferde waren <u>nicht</u> die Vorläufer der heutigen Sat-telschlepper.

Vom Westdeutschen Unfugorchester

Die Oboe spielt der Pianist,
obwohl er Sturz betrunken ist.
Der Piccolo spielt seine Flöte quer,
als gäbe es kein Morgen mehr.
Es brummte ein, der Kontrabass:
„ Das macht doch alles keinen Spaß."
Und Frauke, haute, laute auf die Pauke.
Die Englisch Hörner fuhren links nach Hause.
Der erste Geiger, wurde zweiter,
Der Pianist trank maßlos weiter.
Cellist: "Das ist nicht zu ertragen."
Der Pianist fiel in den Orchestergraben.
Der Dirigent wurde vermisst,
er hatte sich vor Stunden schon verpisst.

Buddhas Gebets Mühlen mahlen langsam.

In noch einzuführenden Kindertages<u>GAST</u>stätten soll kleinen Kindern schon frühzeitig der maßvolle Umgang mit Alkohol beigebracht werden.

Einem Kunstmaler gingen die Ideen aus. Um seine Malblockade zu überwinden, legte er sich einen EINFALLSPINSEL zu.

Über den Erfolg ist nichts weiter bekannt geworden.

Der Faltenrock wird vorzugsweise mit Falteninstrumente, wie z. B. der Ziehharmonika, gespielt.

Ich habe aufgehört zu trinken, als ich Frau Berkel doppelt gesehen habe.

Was reimt sich schon auf Berkel?

Die Selbsthilfegruppe der Trauernden hat unter Tränen gegen die Einführung der Weinsteuer offen demonstriert.

(Nach dem Motto: Das wäre doch gelacht...)

Die zu beobachtende Zunahme des Alkoholkonsums hat mich persönlich besoffen gemacht.

Die Piratenpartei hat für den Fall, dass sie 2013 in den Bundestag einzieht, angekündigt, statt Parkplätze, eine Anlegestelle an der Spree haben zu wollen.

Um auch Hartz 4-Empfängern eine Karrierechance einzuräumen, soll eine Zielvereinbarung dahingehend in das SGB II eingearbeitet werden, was einen Aufstieg nach Hartz 5 möglich machen soll.

Wer seine Notdurft in einer Nothaltebucht verrichtet, muss mit einem Bußgeld oder –je nach Ausführung– mit Treuepunkte in Flensburg rechnen.

Die Notdurft darf ausschließlich an den dafür vorgesehen Notdurftsäulen ausgeübt werden. Diese sind in regelmäßigen, ungleichen Abständen, an den Autobahnen installiert.

Nach Beendigung der Angelegenheit, ist der dafür vorgesehene Hebel umzulegen. Sogleich setzt die Wasserspülung ein und eine Freileitung zum Wasserbeschaffungsamt wird zur Verfügung gestellt.

Nicht jeder Straßenstrich steht am Scheideweg.

Neues aus der Zwillingsforschung

Die Asiaten haben Angst davor, ihr Gesicht zu verlieren.

Einigen unserer Zeitgenossen würde ein solches Ereignis gut zu Gesicht stehen.

In der ehemaligen DDR soll es neben der Ostmark auch noch Alternativwährungen existent gewesen sein.

So z. B. die Uckermark.

Gerüchten entgegen, war eine Konvertierung zur Steiermark nicht möglich.

Der Mensch ist ein ausscheidendes Wesen.

Also isst er!

DER ERNST DES LEBENS MACHT SO RICHTIG KEINEN SPASS

Wenn du nicht weißt, wo du hin willst,

ist Stehenbleiben auch keine Lösung.

Mich interessiert lediglich die Vergangenheit von morgen und die Zukunft von gestern.

Mit der Gegenwart weiß ich gar nichts anzufangen.

Therapeuten entwickeln Probleme, die nicht vorhanden sind.

Daraus entwickeln Patienten Fragen, deren Antworten lediglich der Eitelkeit des Therapeuten gerecht werden.

Zusammen alt werden, ist eine Herausforderung.

Gemeinsam jung zu bleiben, eine Kunst.

Wer vorgibt, die Wahrheit zu lieben, will von seinen eigenen Lügen ablenken.

Liebe ist die Sehnsucht der Illusion.

Wenn die Jungen die Alten nicht mögen,
sollten sie sich beizeiten umbringen.

Es irrt der Mensch an sich.
Doch die Frau, die glaubt das nicht.

Was man mir schenkt,
kann ich nicht gebrauchen.
Was ich gebrauchen kann,
kann man mir nicht schenken.

Wem die Stunde schlägt.

Des Kuckucksuhren Zifferblatt,
dem fielen alle Zahlen ab.
Da kam der Kuckuck aus dem Haus,
und machte keinen Terz daraus.
Er legte kurzerhand ein Ei,
flog fort, sein Einsatz ward vorbei.
Seitdem steht diese Immobilie leer
und fand seitdem keinen Käufer mehr.

Die erweiterte Suche führte zu einer engeren
Auswahl mit weitreichenden Folgen.

DER STILLE DON

(von Mickael Schalk Schokolowski)

Der erste Weltkrieg, die Oktoberrevolution, sowie der darauffol-
gende Aufstand der Weißen gegen die Roten bilden den geschicht-
lichen Hintergrund des Romans.

Irgendetwas stimmt doch hier nicht!

Eine durchaus betagte Frau fragte in einem Bus einen Jugendlichen, ob er für sie aufstehen würde, damit sie sich setzen kann.

Jugendlicher:

„ Oh, Entschuldigung, ich wusste nicht, dass man in ihrem Alter noch schwanger werden kann."

Da sich der Musikstudent auf Requiem spezialisieren wollte, studierte er ohne nennenswerten Erfolg Musik am hiesigen Krematorium.

Auch ein folgendes Engagement bei den „Berliner Mundharmonika" kann nicht als erwähnenswert bezeichnet werden.

Heute pfeift er aus dem letzten Loch.

Wie die „ Yellow Press" berichtet, beschäftigen sich Suchttherapeuten schon seit geraumer Zeit mit der GELBSUCHT.

Derzeit wird eine Farbtherapie diskutiert.

Da sich ein Pferd vor Lachen nicht mehr halten konnte, musste ein Pferdehalter in Anspruch genommen werden.

Der Bergbau in den Alpen muss wohl jahrhunderte lang gedauert haben.

Heute befindet sich der Bergbau wieder auf Talfahrt.

In der Kohlenkrise der sechziger Jahre, sah man sich immer wieder der Frage gegenübergestellt:

„ Wer zahlt die Zeche?"

Dagegen war die Ölkrise eher pomadig.

Nach der Scheidung, war Ehe Schluss.

Der graue Star ist leider <u>nicht</u> vom Aussterben be-
droht.

Ich wollte meinen letzten Saunaaufguss des Jahres genießen und begab mich entsprechend in einen Saunapark.

Dort saß ich, den Aufguss erwartend, in der sogenannten Felssauna, die – wie eigentlich immer abgedunkelt war.

Kurz vor Beginn kam eine Geläute und Gebimmel in den Raum und da es kurz vor Weihnachten war dachte ich, es ist wieder einmal mehr ein unglaublich kreativer Geck des Saunapersonals.

Der Aufguss war beendet und ich folgte dem Gebimmel ans Tageslicht und erspähte einen Mann, der von oben bis unten mit metallischem Pearcing übersät war.

Der wird wohl irgendwann nicht verwesen, sondern verrosten.

Ein wenig später sah ich ein bodygebildetes Etwas, was durchgängig tätowiert war.

Da ich arg kurzsichtig bin, holte ich meine Brille, setzte sie auf und trat bis auf 30 Zentimeter an die bewegliche Litfaßsäule heran, um alle Storys und Illustrationen zu erkennen.

Als ich den Hünen fragte, ob er noch 'was an Werbefläche frei hätte, wurde es dunkel.

Meine Kamera hat ihren Großvater im Museum
besucht.

Die Immatrikulation kann ein durchaus einschrei-
bendes Ereignis im Leben eines Menschen sein.

Da ich gerne auf der Toilette lese, habe ich laut über den Synergieeffekt von Lesebrille und Klobrille nachgedacht.

Mein Zuzahlungsantrag wurde von der Krankenkasse für mich überraschend abgelehnt

Neulich habe ich gehört, wie ein mir Bekannter seine Frau, mit der er bereits 27 Jahre verheiratet ist, mit „Süße" angesprochen hat. Da er ansonsten eher despektierlich von seiner Frau spricht, habe ich ihn nach seinem Sinneswandel gefragt.

„Na, ja", meinte er augenzwinkernd, „bei meiner Frau hat der Hausarzt in der letzten Woche eine Zuckerkrankheit diagnostiziert. Insofern…".

Es ist falsch zu glauben, dass Wunden, die durch eine Diabeteserkrankung verursacht werden, mit Zuckerwatte geschlossen werden können.

Mein Versicherungsvertreter wollte mir eine Hausradversicherung verkaufen.

Das hielt ich für nicht so radsam, da ich Zuhause nicht Rad fahre.

Als die letzte Schmiede in Eisenhüttenstadt schließen musste, machte die Lokalpresse mit dem Titel auf:

„ Das Schweigen der Hämmer."

Ein renommierter Kunstkritiker hat das Gemälde eines tschechischen Malers als „Prager Schinken" bezeichnet.

Einsichtig begann der Maler daraufhin hin eine Metzgerlehre in Pilsen.

Der Erfolg ist bekannt.

ABEL benahm sich, als gäbe es kein Morden mehr.

Von den Folgen konnte er sich KAIN Bild machen.

Die Talgshow wurde von einem berühmten Dermatologen hautnah moderiert.

Der Affe passt nicht in die Karaffe,

nicht anders geht es der Giraffe.

Versucht hat es auch der Barsch.

Man hörte in fluchen :

„ Leck mich am …!"

Sprachlich ermittelt in der o. a. Angelegenheit die
Wortkommission.

„3 Multiple Persönlichkeiten feiern zu dritt ihren
Geburtstag"

(Claudio Bocitelli , 2004)

Leihgabe des Volkszwangmuseum Berlin

Der Verleger, der das Manuskript nicht mehr fand, weil er es bereits verlegt hatte.

Der Pilot, der bei einer Stewardess nicht landen konnte und dann mit ihrer Kollegin durchstartete.

Der Juckreiz, der reibende Schäden hinterließ.

Das dreigängige Revisionsgericht.

Der Schirmherr, der kein Knirps war.

Das junge, wilde, nicht eingerittene, aber schon an Demenz erkrankte Seepferdchen, das zum Hufschmied ging, dann aber nicht mehr wusste, was es dort wollte.

Manche Menschen verwechseln fatalerweise Absinth mit Abstinenz.

Der Geodät zu seinem AZUBI (Messdiener):
„ Das Auge misst mit!"

Den Trompetenpilz braucht man nicht lange suchen. Man hört ihn schon von weitem.

Das Sammeln von Fliegenpilzen ist da schon aufwendiger.

Nicht jede Tablette muss oval eingenommen werden.

Ebenso wenig benötigen Schauspieler in jedem Falle Filmtabletten

Gleichwohl sollten Künstler, die unter Platzangst leiden, nicht Kammersänger werden.

Zum Thema Tresor :

Wie kommt der Panzer in den Schrank?

In einem Fitnesscenter in Castrop Rauxel wurden in der letzten Woche die 4 Muskeltiere wiederholt gesichtet.

Nach einem ersten Casting wurde von einer Neu-verfilmung zu Recht Abstand genommen.

RECHTSMITTELBELEHRUNG

Aufgrund der ständig zunehmenden Prozessflut, weichen die Gerichte räumlich auch in Kneipen, Cafes und Restaurants aus.

Die jeweiligen Prozesse werden auf Plakaten vor den jeweiligen Gebäuden angekündigt, wie zum Beispiel:

TÄGLICH WECHSELNDE GERICHTE

Heute: FAMILIENGERICHT

im Angebot:

für 2 Erwachsene mit 2 Kindern

3x Ladendiebstahl

1x Alkohol am Steuer

1x Medikamentenmissbrauch

zu einer Gesamtstrafe von 10 Monate auf Bewährung !

Bei allem, was Recht ist…

Mutationen

Wesens Veränderungen einiger Wesen führen zu irritierenden, aber nicht unwesentlichen Ergebnissen.

Die Glücksspirale ist kein Verhütungsmittel.

Und nun die Deutsche Tagesschau und im Anschluss die Ziehung der Totozahlen.

Das DFB Sportgericht ist bereits eingeschaltet.

Die VHS Kettwig plant, einen Lehrstuhl für Nano-Technologie einzurichten.

Die Stelle als „Mikro Professor" ist bereits ausgeschrieben.

Einige Kleinbürger haben sich schon mit Riesenerfolg beworben.

Gestern hörte ich aus dem Küchenradio im Wohnzimmer den alten Schlager: „ Nichts ist so öd, wie James Bond in Wanne Eickel."

Meine Frau meinte, dass hieße:

„ Nichts ist so schön, wie der Mond von Wanne Eickel"

Aber das macht ja nun wirklich keinen Sinn…

Die Regierung hält das Linksgerede der SPD in Sachen Rechtsprechung für unangemessen.

Weil ich keine Umweltplakette an meiner Windschutzscheibe meines Autos hatte,

hat die Polizei mir eine Kyoto Protokoll verpasst.

Leicht überzogen, oder…?

In ca. 5 Milliarden Jahren zerlegt sich die Sonne.

Und was mache ich dann?

Wer glaubt, dass die Nordsee ein Meer ist, glaubt auch, dass das Steinhuder Meer ein See ist.

In einem Musikgeschäft hat man mir ein Superangebot für den Kauf einer 4-saitigen, weißen Gitarre gemacht.

Dazu erhielt ich kostenlos das Buch: „ Banjospielen leicht gemacht."

Kommentar des Rudertrainers nach der verlorenen Regatta zu seinem Team:

„ Besser ein flotter Dreier, ohne Steuermann,

als ein lahmer Achter, mit!"

Bei einer langwierigen Anhörung im Bundestag haben die eher gelangweilten Abgeordneten nach 2 Stunden nicht mehr durchgeblickt.

Bis, ja bis der parteilose, hinterbänklerische Abgeordnete, Osterwoge, in seiner Rede die politische Mitte für sich in Anspruch nahm.

Da wachte und stand Herr Westerwelle auf, blickte wütend nach oben, breitete seine Arme seitlich nach oben aus und schrie, mit allem was er hatte gen Himmel:

„ ICH BIN ABER MITTIGER !!!"

Auf dem Wochenmarkt stand ich an einem Stand. Zwei Frauen standen hinter mir.

„ Hallo Irmgard. Wir haben uns ja lange nicht gesehen. Du hast dich gar nicht verändert."

Ich drehte mich kurz um, und ohne mir etwas dabei zu denken, wandte ich mich wieder ab, und dachte:

„ Um Gottes Willen, hat die früher schon so ausgesehen?"

Vor 4 Monaten erschien auf dem Bildschirm meines Computers die Meldung:

RUHESTAND WIRD VORBEREITET!!!

Meine Vorfreude war verfrüht. Ich habe bis heute noch nichts von meiner Rentenversicherungsanstalt gehört.

(Da zahlt man ein und zahlt man ein...)

Deutsches Liedgut

„ Mein Vater ist ein Wandersmann,

das liegt auch mir im Blut…"

Ich denke nicht, dass Wandersmann ein ernst zu nehmendes Berufsbild darstellt.

Wohl eher eine genetische Disposition.

RADGEBER GESUCHT

Der Bundestagspräsident bedauert seit geraumer Zeit, dass sich die Abgeordneten wieder und immer wieder, um die Benutzung des Bundesrades streiten.

Das Finanzministerium lehnte bisher die Anschaffung eines 2. Rades ab, da eine solche Investition zum derzeitigen Zeitpunkt den Haushalt mit uneinschätzbaren Folgen belasten würde.

Es wurde aber zugesagt, in der nächsten Legislaturperiode eine erneute Prüfung zuzulassen.

Wir lernen: *Guter Rad ist teuer.*

Kommt Zeit, kommt Rad.

Peter Scholl , „ On Tour".   hier in: Moer Kong, westlich von Duisburg.

Auf der Granger Kirmes ließ ich mich dazu über-
reden, Lose zu kaufen.

Resultat:

2 Nieten, ein Heimatlos

In der letzten Woche bin ich auf Sekt umgestie-
gen, weil die Preise für Prosecco in die Höhe ge-
schnellt sind.

Unverschämter Weise verlangt der Einzelhandel
derzeit pro Secco 1,19 EURO. Macht pro Flasche…

(Mit mir nicht …)

Ich setzte mich an einen Stehtisch, um darüber
nachzudenken, woher ich Schuhe für Linkshänder
aus 2. Hand bekommen kann.

Ein alter Widerling traf einst auf eine Fee. Er durfte einen Wunsch äußern.

Er: „ Ich möchte noch einmal jung sein!"

Es bleibt einem aber auch nichts erspart.

Bei Schwarzlicht betrachtet, ist die Dunkelziffer der Schwarzarbeit eher undurchsichtig.

Tierischer Verkehr

Es war einmal ein wildes Schwein,
das machte seinen Führerschein.
Es blinkte rechts und fuhr nach links,
die meisten Schilder kannte es nicht.
So nahm das Chaos seinen Lauf,
das Schwein fuhr auf einen Wagen auf.
Es war die Ecke Wald- und Eberstraße,
in dem Wagen saß eine Bache,
die rief sofort die Bullenwache.
So kam nach kurzer Zeit ein Streifenhörnchen,
mit viel Buhei und Martinshörnchen.
Es nahm den ganzen Schaden auf
und machte einen Bericht daraus.
Am Ende verlor das arme Schwein,
den frischgemachten Führerschein.

P.S.: Und sitzt zudem in Schweinfurth ein.

Die Meise wurde schon als kleiner Spatz,

eine Waise.

Ihre Eltern flogen verbotenerweise,

bei Frankfurt in die Einflugschneise.

(Wohin nur mit dem armen Wurm, zum Kuckuck?)

Trost der Teetrinker

Das Geheimnis des löslichen Kaffees bleibt weiterhin vollkommen ungelöst

FRÜHER

HEUTE

Brüderle und Frau Leutheusser– Schnarrenberger

Wegen Matrosen Inkompetenz wurde ein Seefahrer von seiner Reederei entlassen.

Seine blinde Wut verhinderte den Erfolg seiner Klage vor dem Hamburger Sehgericht.

Die SOKO Weimar ermittelt <u>JEDE</u> Woche in einem Mordfall.

Mein Gott, was ist denn da los? Eine solch kleine Stadt.

Oder treibt Goethes Faust wieder sein Unwesen?

Literarisches

Ephraim Messing gelang als Erstem, die Berechnung der Ringparabel.

Die Damentheorie soll auf den Dürren Matt zurückzuführen sein.

Während das ethische Theater immer noch unergründet ist.

Nachdem Dürrenmatt wochenlang auf einen Handwerker gewartet hatte, beschloss er, eine aus 2 Romanen bestehende Trilogie zu verfassen:

„ Der Dichter und sein Klempner". „Der „Verdacht" dass der Handwerker den Termin verschlammt hatte, konnte sich nicht erhärten.

Mate Tee hilft nicht wirklich bei Rechenproblemen.

Ebenso wenig ist glaubhaft übermittelt, dass Lasertherapie bei Legasthenie erfolgreich anzuwenden ist.

Der Dollart ist gefallen!

Das macht die Wassertransporte im Emsland derzeit schwierig.

Um Unterwasserunfällen zukünftig vorbeugen zu können, müssen Seepferdchen alle 2 Jahre zu einem ärztlichen Sehtest.

Blinde Sehpferdchen erhalten mit ärztlichem Attest einen Blinden Sehhund.

Die Kostenfrage ist noch ungeklärt.

Das Frauenopferinstitut hat in Mannheim ein neues Frauenhaus eingeweiht.

Wie die einschlägige Presse berichtet, werden immer mehr Kaninchen von der sogenannten AN-GORAPHOBIE befallen. Erstes Symptom ist der albinotische, weiße Farbenschlag.

Eine Übertragung auf Katzen kann nicht ausgeschlossen werden.

Der Leguan, der Leguan,

der kam mit einer Brille an,

da war eine ganze Schlange dran.

Es ist der Mensch, der sich erhebt,

nur, weil er nicht versteht,

dass er, wie alles andere, untergeht.

Eine Welle der Begeisterung vernichtete in der letzten Woche weite Landstriche in der japanischen Region um Tsunami.

Na, das nenne ich doch einmal eine:

ÖFFENTLICHE TOILETTE   !!!

DER ERNST DES LEBENS MACHT SO RICHTIG KEINEN SPASS

Die Wahrheit gefunden zu haben, ist eine Lüge.

Wenn ich etwas wählen könnte, würde ich wählen, dass es was zu wählen gäbe.

Wer glaubt, dass Politiker die Wahrheit sagen,

glaubt auch, dass es Schuhe für Linkshänder gibt.

Auch die Dauerwelle hat ihre Zeit.

Wenn das Leben nicht vom Tod begleitet würde, könnte man ihm eine gewisse Ernsthaftigkeit absprechen.

Mein Vater war ein einfacher Mann.

Warum sollte er auch zweifach oder dreifach gewesen sein.

Mein Gewicht ist eine waage Angelegenheit.

Ich habe keinen Heißhunger mehr auf Kaltgetränke.

KONZERTIERTE AKTION

Ein mir Bekannter, der nicht benannt werden möchte, meinte, dass wir einmal wieder einen gemeinsamen Abend verbringen könnten.

Er schlug vor, ein modernes klassisches Konzert zu besuchen. Karten hätte er und seine Frau könnte ihn nicht begleiten, da sie sich um die plötzlich erkrankte Mutter kümmern müsse.

Ich ließ ich mich besseren Wissens darauf ein.

Das Orchester stimmte sich ungewöhnlicherweise 60 Minuten, also fast eine Stunde, ein.

Dann fiel der Vorhang. OK, dachte ich, wahrscheinlich ein Materialfehler an der oberen Aufhängung.

Das Publikum verließ den Saal. Na ja, kann man noch ein Bier trinken, bevor es los geht.

Als mich mein Bekannter mich fragte, wie ich das Stück fand, wurde mir klar. Was ich für das Einstimmen gehalten habe, muss wohl das Programm gewesen sein.

Letzten Monat habe ich ihn in der Stadt getroffen. Er meinte, wir könnten doch noch einmal einen solchen Abend wiederholen.

Ich sagte ihm, dass es mir schon eine ganze Weile nicht so gut geht, gab ihm aber die Telefonnummer meiner Mutter.

Ich hatte bei meiner Mutter noch etwas gut zu machen.

P.S.: Der Bekannte nimmt von sich an, dass er witzig sei.

Ich denke eher, dass er lächerlich ist.

Vor einem Monat ist ein Hirsch mit seinem rechten Hinterbein in eine heimtückische Radarfalle geraten.

Der zuständige Förster erstattete Anzeige gegen die Polizei.

Die Staatsanwaltschaft ermittelt wegen Wilderei.

Die Kirchenaustritte und die damit verbundenen Mindereinnahmen, führen zwangsweise zu Altar Nativmaßnahmen.

Das, wie auf der unteren linken Wagenseite angekündigt, 25 Gläubige in der Notkirche Platz finden, glaube ich eher nicht.

Von eigentlich notwendiger Mobilität der Kirche kann hier nicht die Rede sein.

Der Glöckner von Notre Dame war quasi ein Modo und gilt als Mitbegründer ersten Modozeitschrift (später Modezeitschrift).

(Der wusste früher schon, wo die Glocken hängen.)

Eine Lebensversicherung tritt nur im Todesfall ein. So partizipieren nicht alle in gleichem Umfang, schon gar nicht, der zu Tode Gefallene, obwohl es ihm gefallen würde, wenn er könnte.

Der Verblichene hat sich schon zu Lebzeiten darüber schwarz geärgert.

Dass mit der Aufgabe des Rauchens eine Gewichtszunahme einhergehen kann, war mit schon klar.

Dass eine entgegenwirkende Intervention so zeitnah einzuleiten ist, hat mich dann doch erstaunt.

Die Seezunge kann mich `mal.

Im Rahmen der Haushaltskonsolidierung soll auf Nahrungsmittel eine Nährwertsteuer erhoben werden.

Zudem ist die Einführung einer Hundesteuer für Seehunde im Gespräch.

Nachdem mich das Navigationssystem kreuz und quer durch die Republik irreführte, ich vollkommen ungehalten war, ertönte aus dem System die beschwichtigende Stimme eines Sozialarbeiters:

„ Der Weg ist das Ziel. Bitte wenden! Oder wenden sie sich an..."

Eine Versicherung, die einen Arzt vertrat, der eine Operation vermasselt hatte, schrieb den Geschädigten wie folgt an :

Sehr versehrter Herr...

Um weitere Personalkosten und Energiekosten einzusparen, hat die Deutsche Bundesbahn sich entschlossen, ZUGVÖGEL einzusetzen und hat ein entsprechendes Pilotprojekt initiiert.

Trotz der Schwierigkeiten mit der Disziplin dieser Vögel und Probleme, diese bei der GdL zu integrieren, hat man an dem Projekt festgehalten.

Gescheiter ist man letztlich mit der Umstellung von Sommer -auf Winterfahrplan.

Eine EU-Sitzung in Brüssel musste erfolglos beendet werden, da alle Nationen lediglich ihre eigenen Mätressen vertreten haben.

Zum Leben nach dem Tod

Nichts ist so sicher, wie das Leben vor dem Tod.

Die Flachpfeifen leben überwiegend im Hochland von Tobago.

Dann war da noch…

Der Separatist, der seiner sechsten Scheidung entgegen sah.

Das Kaninchen, was behauptete, dass sein Name „Hase" sei.

Der durchgebrannte Feuerwehrmann, der an „Burn Out" litt.

Die Frau, die sich liften lassen wollte und im Aufzug stecken blieb.

Die Champignons, die keinen Pfifferling wert gewesen sind.

Die Mutter, die für ihren ungeratenen Sohn eine PFLEGELversicherung abgeschlossen hat.

Der Nachtfalter, der am Tage zusammengeklappt ist.

Ich hatte lange schon bemerkt, dass etwas im An-
zug ist.

Bis ich merkte, dass ich es selbst bin.

Von einer Polizeistreife angehalten, fragte mich ein Polizist nach meinem Alter.

„ 60", antwortete ich.

„Und was suchen dann hier in der 30 er Zone?"

Soweit ist es schon…

Der Scheidungsanwalt zu seinem Klienten bei der Sorgerechtsverhandlung vor dem Familiengericht in Oer–Erkenschwik:

„ Sie reden sich hier noch um Kopf und Blagen."

Indianer hat man unabhängig voneinander gefragt, ob sie im Winter frieren.

Die fast einhellige Meinung:

„ Ein Indianer kennt keinen Nerz."

DER ERNST DES LEBENS MACHT SO RICHTIG KEINEN SPASS

Es glaubt der Mensch,

-was er nicht ist-

dass er der Welt `was Gutes ist!

Die Ohrfeige traf mein rechtes Auge und zerstörte mein linkes Trommelfell.

Das Tragen einer Brille konnte den entstandenen Schaden nicht vollständig kompensieren. Vielleicht sollte ich die Sehstärke nochmals von einem Akustiker überprüfen lassen.

Ein Schwarzseher, der ein Farbfernsehgerät benutzt, gerät in Erklärungsnot.

Die Märe vom schwarzen Schaf

Das Schwarze Schafe genetisch produziert werden, ist eine vollkommen überholte Leermeinung.

Richtig ist:

Nach Schafen Sex ergeben sich manchmal Kinder, die in dieser Bevölkerungsschicht, Lämmer genannt werden.

Viele von Ihnen, wenn nicht gar die meisten, verschwanden auf unerklärliche Weise um die Osterzeit auf nimmer Wiedersehen.

Die Schafe bezichtigten sich gegenseitig und bekamen sich in den Sagen umwogenden Lammschlachten bis auf das Übelste in die Wolle.

Eine Regelung musste her!

Der Schafzüchterverband wandte sich in einem Hirtenbrief an das Justiz Ministerium. Hier wurde man insofern tätig, als das man, trotz schafer Widerstände, dass Amt des Schafrichters kreierte.

Nun ist es so, dass Richter in der BRD schwarze Roben tragen müssen, was in dem vorgegebenen

Kontext eher albern ausgesehen hätte und beschloss in einer Sprungrevision, den resignierten Kandidaten zum Schafrichter, ein schwarzes Fell über zu ziehen, um in den Herden Akzeptanz zu finden. Auf eine Kopfbedeckung sollte aber verzichtet werden.

Die berufenen Richter lammentierten und zeigten sich zunächst bockig.

Als man ihnen eine Besoldung nach R4 (BB es OR) der Richterskala zugesagt hatte, konnten die Widderstände aufgelöst werden. Zudem sagte man ihnen eine jährliche einmalige Sachleistung in Form von einem Lamm zu.

Die Ausgabe soll jeweils zur Osterzeit erfolgen.

Was aus der Sache geworden ist, wissen wir ja mittlerweile.

Soweit zur Wahrheitsfindung.

Danke.

Von wegen, starker Wildwechsel.

Da ich für den Dänemark Urlaub vergessen hatte Geld zu tauschen, war ich froh, das gezeigte Schild vor der dänischen Grenze zu sehen und war um einiges erleichtert.

Ich hielt also rechts an und da eine Wechselstube nicht auszumachen war, ging auf das, wie auf dem Schild abgebildete, Personal zu, um EURO in Kronen zu wechseln.

Die waren aber irgendwie nicht auf Kurs und wussten von nichts.

Von wegen, starker Wildwechsel.

Das schlägt dem Fass die dänische Krone aus.

Als mein Versicherungsvertreter meine Wohnung in Augenschein genommen hatte meinte er:

„ Sie brauchen keine Hausratversicherung, sondern eine Unratversicherung."

Es ist geplant, Institutionen für hochbegabte Hochbetagte einzurichten.

Die Anstellungsverträge des Lehrpersonals sind allesamt befristet.

Horst Hornbach, auch der Fliegerhorst genannt, war ein anerkannter Bruchpilot.

Die Biene sticht in den Bienenstich,

bis das sie aus dem Rüssel bricht.

„ Was haben sie in ihrem Studium belegt?"

„ Die Brötchen in der Mensa!"

Das Reißverschlussverfahren ist keine sexuelle Anmache.

No women, no cry.

No risk, no fun.

So mancher Verkehrstote wird in fremden Betten gefunden.

Beim Doppelsuizid kann man durchaus einen Zusammenhang vermuten.

Einem Kreissaal sollte man nicht mit einen Ecktisch einrichten.

Die Toilette ist einer der wenigen Orte, wo man ohne Reue Abschied nehmen kann.

Keiner muss alt werden.
Aber keiner wird jung bleiben.

Keine Frau hatte ich auch nicht.

Alleinstehende Frau sucht viel sitzenden Mann.

Stell` dir `mal vor, es ist der Krieg ausgerufen,
und keiner kämpft mit.

Es fraß die Katz den Hundekuchen
und hörte schon den Bluthund fluchen.
Nun fehlt der Katze eine Tatze
und zieht seit dem `ne trübe Fratze.

Es war einmal ein Lebemann,
der fing ein neues Leben an.
Den Frauen sagte er:" Ade"
und fand das eigentlich schade.
Dem Alkohol längst abgesagt,
hat das „Warum?" nie hinterfragt.
Verzichtete auf blauen Dunst,
hielt das jedoch für lose Kunst.
Es war einmal ein Lebemann,
der fing sein altes Leben an.

Der Nachtfalter, der am Tage zusammengeklappt ist.

Die Eintagsfliege, die sich paradoxerweise auf ein langes Wochenende freute.

Der abgebrannte Feuerwehrmann, der erneut eine Hypothek aufnehmen musste.

Die Braut, die angeblich nichts zu verschleiern hatte.

Die Beziehungskiste, die sich als Sarg entpuppte.

Der Prager Fenstersturz, der Tür und Tor für Gewalt und Krieg öffnete.

Der Männergesangverein, der Probleme mit der Einführung der Frauenquote hatte.

Der Infarkt, der von Herzen kam.

Die Frau, die beim letzten Friseurbesuch auf eine Mikrowelle bestand.

Der Wal, der in Japan keine Wahl hatte.

Das Spritzenhaus, das Spritzenhaus,

das war nicht gerade ein Spitzenhaus.

So hat man es in Brand gesteckt

und diente so, als Übungszweck.

Deutsches Sprichwort

Der frühe Falke fällt vom Turm.

Und wieder hat die Evolution ihre Arbeit gemacht und sich an die Moderne assimiliert, so dass die Transportkosten für Ananas gegen Null gehen.

Mit Schrecken hat man mir neulich und zum ersten Mal, in der Apotheke eine Senioren Bravo

(Apothekerrundschau) in die Hand gerückt.

Am gleichen Tag erhielt ich Werbung meiner Versicherung über eine Sterbeversicherung.

Die Überprüfung meiner Haushaltsausgaben ergab, dass ich mittlerweile mehr Geld für Medikamente, Praxisgebühren und IGEL ausgebe, als für Nahrungsmittel.

Das Alter schmeichelt sich ein und wenn der letzte Zahn ausgefallen ist, wird man wohl bald ins Gras beißen.

Zu meinem letzten Geburtstag ondulierte nur noch die Telecom per SMS zu meinem Geburtstag.

Allerdings so klein geschrieben, dass meine Pflegerin sie mir vorlesen musste.

Weil ich Geburtstag hatte, bekam ich als Geschenk von meiner Pflegerin eine zusätzliche Schlaftablette.

Wie testet die Stiftung Warentest eine solche Dienstleistung?

Machen hier einige Angestellte vorübergehend von ihrem Ableben gebrauch und beurteilen die eigene Bestattung, oder wie?

Ich kannte `mal einen Marabu,

der machte seine Bücher zu.

Weil das, was in den Büchern stand,

das raubte ihm lang` schon den Verstand.

Er war halt müde, war schon alt,

hat sich in seinen Tod verknallt.

Da schloss er seine Augen zu,

und legte sich zur Ruh,

zur Ruh.

Ohne die Vergangenheit bemühen zu müssen,
wird für jeden der Tag der letzten Gegenwart kom-
men. Ohne Zukunft.

Am Ende ist eben Schluss.

Fortsetzung folgt !!!

Bildnachweis

Seite 59 ; Gustave Dore ; Don Quixote…

Seite 88 , Franz Müller Münster ,
Brüderchen und Schwesterchen , 1910

Seite 110 , Francisco Goya , The Same 1810 - 1815

Alle anderen Bilder eigene Verbrechen.

www.tredition.de

Über tredition

Der tredition Verlag wurde 2006 in Hamburg gegründet. Seitdem hat tredition Hunderte von Büchern veröffentlicht. Autoren können in wenigen leichten Schritten print-Books, e-Books und audio-Books publizieren. Der Verlag hat das Ziel, die beste und fairste Veröffentlichungsmöglichkeit für Autoren zu bieten.

tredition wurde mit der Erkenntnis gegründet, dass nur etwa jedes 200. bei Verlagen eingereichte Manuskript veröffentlicht wird. Dabei hat jedes Buch seinen Markt, also seine Leser. tredition sorgt dafür, dass für jedes Buch die Leserschaft auch erreicht wird

Autoren können das einzigartige Literatur-Netzwerk von tredition nutzen. Hier bieten zahlreiche Literatur-Partner (das sind Lektoren, Übersetzer, Hörbuchsprecher und Illustratoren) ihre Dienstleistung an, um Manuskripte zu verbessern oder die Vielfalt zu erhöhen. Autoren vereinbaren unabhängig von tredition mit Literatur-Partnern die Konditionen ihrer Zusammenarbeit und können gemeinsam am Erfolg des Buches partizipieren.

Das gesamte Verlagsprogramm von tredition ist bei allen stationären Buchhandlungen und Online-Buchhändlern wie z. B. Amazon erhältlich. e-Books stehen bei den führenden Online-Portalen (z. B. iBook-Store von Apple) zum Verkauf.

Seit 2009 bietet tredition sein Verlagskonzept auch als sogenanntes "White-Label" an. Das bedeutet, dass andere Personen oder Institutionen risikofrei und unkompliziert selbst zum Herausgeber von Büchern und Buchreihen unter eigener Marke werden können.

Mittlerweile zählen zahlreiche renommierte Unternehmen, Zeitschriften-, Zeitungs- und Buchverlage, Universitäten, Forschungseinrichtungen, Unternehmensberatungen zu den Kunden von tredition. Unter www.tredition-corporate.de bietet tredition vielfältige weitere Verlagsleistungen speziell für Geschäftskunden an.

tredition wurde mit mehreren Innovationspreisen ausgezeichnet, u. a. Webfuture Award und Innovationspreis der Buch-Digitale.

tredition ist Mitglied im Börsenverein des Deutschen Buchhandels.

Zeitfracht Medien GmbH
Ferdinand-Jühlke-Straße 7
99095 Erfurt, Deutschland
produktsicherheit@kolibri360.de